사랑에 눈먼 판다

사랑에 눈먼 판다

최승호

달
샘

책머리에

세상에 고정된 것은 없다. 우화도 그렇다. 기원전에 씌어진 이솝의 우화와 지금 내가 쓰는 우화의 내용과 형식은 크게 다를 수밖에 없다. 시의 본질은 함축이다. 우화도 함축이라는 불투명의 신비에 둘러싸여 다채로운 해석의 스펙트럼을 내뿜을 수 있어야 한다.

이번 우화집은 『눈사람 자살사건』과 달리 대부분 익살스러운 문체로 난센스, 농담, 블랙유머의 성격을 띠고 있다. 판다는 사랑과 놀이와 장난이 없는 삶은 재미없다고 판단한 동물인 것 같다. 요즘 푸바오에 대한 관심들이 많아서 <사랑에 눈먼 판다>가 표제작이 됐다.

파울 클레(Paul Klee)와 팔대산인(八大山人)은 내가 흠모하는 화가다. 동서양 두 대가의 그림들로 이야기에 색채가 입혀지고 상상력이 더해져서 부디 이 책이 아름다운 우화집으로 기억되기를…….

2024년 여름날
최승호

차례

책머리에 ·············· 5

눈사람 통역사 ·············· 16

코알라와 코끼리 ·············· 18

누구의 것도 아닌 낙타 ·············· 21

나 지금 여기 있어요 ·············· 22

거위와 눈사람 ·············· 24

칭찬과 모욕 ·············· 26

별자리 ·············· 28

기쁨이 슬픔이다 ·············· 29

까마귀를 그리는 문어 ·············· 31

게의 자문자답 ·············· 32

무화과나무 ·············· 35

금잔화의 초대 ·············· 36

먼지 스토커 ·············· 38

파도들의 생애 ·············· 41

반달가슴곰 ·············· 42

얼굴 ················ 44

반딧불이의 스승 ·············· 46

태양의 나팔수 ·············· 48

사금파리 ·············· 49

날치가 날게 된 까닭 ·············· 51

장님개미들의 행렬 ·············· 52

흙의 슬픔 ·············· 54

울음 ·············· 56

밀물과 썰물 ·············· 59

속삭임 ·············· 60

민들레 씨앗들이 떠날 때 ·············· 62

제5원소의 장례 ·············· 63

아이와 팽이 ·············· 65

모래알의 이웃 ·············· 67

피할 수 없는 삶 ·············· 68

장기판의 왕 ·············· 69

지금 여기의 사과 ·············· 71

별빛 ·············· 73

위험한 선물 ·············· 74

절벽의 얼굴 ·············· 75

투구게의 슬픔 ·············· 76

악어와 인어공주 ·············· 79

추억을 되새김질하는 염소 ·············· 80

문어와 쭈구미 ·············· 81

코끼리가 맨발인 이유 ·············· 82

죄와 벌 ·············· 84

알에서 나온 임금님 ·············· 86

가슴을 섬기는 종교 ·············· 87

동그랑땡 ·············· 88

오리너구리는 누구인가 ·············· 91

바지를 안 입은 강아지 ·············· 92

강아지풀에 대한 시샘 ·············· 93

걸레와 물웅덩이 ·············· 94

구름의 모습놀이 ················ 96

문어와 별불가사리 ················ 97

토끼와 토끼풀 ················ 98

진짜 짜장면 ················ 99

자벌레 ················ 100

쥐라기의 비행사 ················ 101

물총새와 물총고기 ················ 102

무와 농부 ················ 104

표범과 하이에나 ················ 107

말과 질경이 ················ 108

너도밤나무와 나도밤나무 ················ 109

달리는 포스트잇 ················ 111

캥거루 ·············· 112

양말을 신은 양 ·············· 113

구불구불하게 ·············· 115

사막여우가 북극여우를 만난 날 ·············· 116

닭이라고 다 닭이 아니네 ·············· 117

가자미의 재미 ·············· 119

맹꽁이 ·············· 120

고양이뿔 ·············· 122

지혜로운 까마귀 ·············· 124

황금알을 낳는 거위 ·············· 126

양파의 비밀 ·············· 127

밀 자매들의 어머니 ·············· 129

자서전 ·········· 130

지옥으로 떨어진 개미 ·········· 131

겨우살이 ·········· 132

모순어법 ·········· 133

별꼬마거미들 ·········· 134

땡땡이무늬 옷 ·········· 135

역겨운 싸움 ·········· 136

후회를 후회하는 후회 ·········· 138

바늘두더지 ·········· 139

달리는 개 ·········· 140

버섯은 음식이 아닙니다 ·········· 141

기린과 기린바구미 ·········· 142

냉장고 안의 맘모스 ·············· 144

앉은뱅이꽃 ·············· 145

도깨비들 ·············· 147

눈 내린 날의 까마귀 ·············· 149

달걀 ·············· 151

사이 ·············· 152

슬리퍼 ·············· 153

바이올린딱정벌레 ·············· 154

바위들이 하는 운동 ·············· 156

무소유 ·············· 158

휴화산 ·············· 159

달마중 ·············· 160

자라와 소라 ·············· 162

초롱아귀 ·············· 165

들꽃의 바느질 ·············· 166

실잠자리 ·············· 168

기역의 기억 ·············· 169

부처나비의 길 ·············· 170

사랑에 눈먼 판다 ·············· 172

집 ·············· 173

꾀꼬리의 꾀 ·············· 174

귀 없는 귀뚜라미 ·············· 176

앵무새와 원숭이 ·············· 177

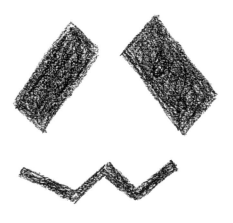

사랑에 눈먼 판다

눈사람 통역사

눈사람을 처음 본 아랍 왕족이 비서에게 말했다.

"눈사람 통역사를 불러오게."

비서가 말했다.

"그런 통역사는 없습니다."

아랍 왕족이 짜증을 냈다.

"그럼 내가 눈사람과 말을 못하잖아."

비서가 말했다.

"통역사가 있어도 눈사람의 말은 통역이 안 됩니다."

아랍 왕족이 물었다.

"왜?"

비서가 말했다.

"눈사람은 혀가 없습니다."

아랍 왕족이 악수를 청하려고 보니 눈사람에게 팔이 없었다.

코알라와 코끼리

코끼리를 만난 코알라가 얼른 코를 가렸다.

코끼리가 물었다.

"갑자기 왜 코를 가리니? 네 코가 어때서?"

코알라가 말했다.

"내 코가 너무 작아요."

코끼리가 말했다.

"내 코는 너무 길어. 창피해도 가릴 수조차 없어."

누구의 것도 아닌 낙타

바람이 낙타에게 말했다.

"넌 고비 사막의 낙타구나."

낙타가 말했다.

"난 타클라마칸 사막에서 어제 이리로 왔어. 고비의 낙타는 아니지."

바람이 낙타에게 말했다.

"그럼 넌 타클라마칸 사막 낙타구나."

낙타가 말했다.

"난 누구의 낙타도 아니야. 넌 누구의 바람이니?"

나 지금 여기 있어요

뜸부기 엄마가 자식들을 모아놓고 말했다.

"논에 들어가면 벼 때문에 너희들이 안 보인단다. 그러니 가끔 '나 지금 여기 있어요'라고 소리쳐. 그래야 내가 안심이 된단다."

그때 딸 하나가 갑자기 딸꾹질을 했다. 딸꾹, 뜸북, 딸꾹, 뜸북.

뜸부기 엄마가 말했다.

"그래. 딸꾹질은 살아 있다는 증거다. '나 지금 여기 있어요'는 너무 기니까 아주 짧게 딸꾹! 또는 뜸북! 소리를 내거라. 그러면 내가 너희들이 살아 있다는 걸 알 수 있으니까."

뜸북! 뜸북! 벼들로 붐비는 논에서 뜸북 뜸북 소리가 들려온다. 뜸부기들이 살아 있다.

거위와 눈사람

눈사람이 거위에게 말했다.

"하늘을 날지 못하는 네 뚱뚱한 슬픔을 나는 이해해."

거위가 눈사람에게 말했다.

"발 없는 네 슬픔을 나도 이해한다. 그런데 땅으로 내려오면 왜 뚱뚱해지는 걸까?"

눈사람이 말했다.

"넌 사료를 먹잖아."

거위가 말했다.

"그럼 넌 눈송이를 먹어서 뚱뚱해진 거니?"

칭찬과 모욕

하루는 꼬마가 하늘다람쥐를 칭찬했다.
"대단해. 네가 하늘을 날아다니다니!"
그러자 하늘다람쥐가 꼬리를 흔들며 좋아했다.

하루는 꼬마가 박쥐를 칭찬했다.
"대단해. 네가 하늘을 날아다니다니!"
그러자 불쾌하다는 듯이 박쥐가 코를 찡그리며 이빨을
드러냈다.

별자리

별 볼 일이 없을 때 의자에 앉아 별구경을 하는 왕이 있었다. 어느 그믐밤, 왕이 천왕에게 물었다.

"왜 자꾸 별자리를 만드십니까?"

천왕이 왕에게 말했다.

"자네는 앉을 의자가 있지만 별들은 앉을 데가 없어. 그래서 별자리를 만들어주는 거야."

왕이 천왕에게 물었다.

"천왕님 자리는 어디 있습니까?"

천왕이 말했다.

"온 우주가 다 내 자리야."

기쁨이 슬픔이다

그물을 찢고 나온 물고기의 기쁨이 늙은 어부의 슬픔이
었다.

까마귀를 그리는 문어

오직 까마귀만 그리는 문어가 있었다.

하루는 까마귀들이 문어를 찾아와서 말했다.
"까마귀 그만 그리면 안 될까요? 우리한테 초상권이 있지 않나요?"
문어가 까마귀들에게 말했다.
"나는 파랑새를 그릴 수 없어. 팔색조도 그릴 수 없지. 내가 먹물로 까마귀만 그리는 걸 이해해줘."

게의 자문자답

심심하고 외로울 때면 자기가 묻고 자기가 대답하는 게
가 있었다.

"왜 옆으로 걸어야 하게?"

"앞으로 걸으면 뒤로도 걸어야 하니까."

"옆으로 걸으면 어디가 끝이게?"

"옆의 옆이 끝이겠지."

무화과나무

코끼리가 무화과나무에게 물었다.

"왜 꽃을 피우지 않으십니까?"

무화과나무가 말했다.

"내 꽃들은 내면의 정원에 있네."

코끼리가 무릎을 꿇고 엎드려 무화과나무에게 절을 했다.

금잔화의 초대

황금빛 잔을 향기로 가득 채우고 금잔화가 나비들을 기
다리고 있었다.

"나비들이 늦게 도착할 모양이네. 나비들이 건배를 해야
향기가 멀리 멀리 퍼질 텐데."

먼지 스토커

책상이 먼지에게 물었다.

"넌 왜 아무에게나 달라붙냐?"

먼지가 대답했다.

"내가 볼 때는 모든 게 별먼지덩어리거든. 사랑스런 내 고향 친구들이지."

파도들의 생애

한 조각 파도가 바다에게 말했다.

"파도들의 생애는 허무해요. 나는 허무주의자로 살다 죽을 거 같아요."

그 말을 듣고 바다가 파도에게 말했다.

"무슨 소리를 하는 거야. 너는 나야. 내가 허무주의자냐?"

반달가슴곰

어미 반달가슴곰이 새끼들을 모아놓고 말했다.

"보름달이 더 크게 자라나지 못하는 것은 반달이 아니기 때문이다. 너희들은 절대로 보름달이 되려고 하면 안 된다. 무슨 말인지 알겠니?"

꼬마 반달가슴곰이 말했다.

"네 엄마. 나는 언제나 반달가슴곰으로 자랄 거예요."

43

얼굴

물질의 특징은 바로 곁에 누가 있어도 그게 누군지 모른
다는 것이다.

입이 코에게 물었다.
"너 내가 누군지 아니?"
코가 대답했다.
"몰라."
눈이 귀에게 물었다.
"너 내가 누군지 아니?"
귀가 대답했다.
"몰라."

서로 모르는 물질들이 한 얼굴에 모여 있다.

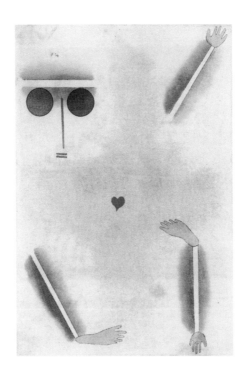

반딧불이의 스승

밤길을 혼자 가는 여우 콧등에 반딧불이가 내려앉았다.

여우가 말했다.

"고마워. 외로운 느낌이 사라졌어. 그런데 궁금한 게 있어. 자기를 밝히는 법을 너는 누구한테 배웠니?"

반딧불이가 대답했다.

"내 스승은 별이야. 늘 자기를 환히 밝히고 있지."

태양의 나팔수

접시꽃이 나팔꽃에게 말했다.

"너는 관악기를 좋아하는구나."

나팔꽃이 말했다.

"응. 나는 금관악기를 좋아해. 여름 아침이면 번쩍거리는 금관악기들, 태양의 나팔수들을 좋아하지."

사금파리

대낮에도 컴컴한 항아리들이 사금파리에게 물었다.

"넌 왜 늘 반짝거리니?"

사금파리가 웃으면서 말했다.

"난 뭔가를 담아야 한다는 의무감으로부터 해방됐어."

날치가 날게 된 까닭

오징어가 날치에게 물었다.
"어떻게 하늘을 날게 된 거야?"
날치가 말했다.
"난 돛새치에 쫓기다 날게 됐어. 돛새치는 날 잡아먹으려
고 내 뒤를 쫓아다녔지. 난 바다 위로 하늘로 도망치기로
했어. 사실은 두려워서 하늘을 날게 된 거야."

큰 가슴지느러미를 펼치고 바다 위를 날면서 날치가 오
징어에게 말했다.
"잠깐. 돛새치 때문이 아니야. 돛새치 덕분에."

장님개미들의 행렬

장님개미들의 행렬을 따라가는 한 장님개미에게 베짱이가 물었다.

"어디로 가는 거니?"

장님개미가 대답했다.

"몰라. 난 앞을 따라갈 뿐이야."

그 뒤의 장님개미에게 베짱이가 물었다.

"어디로 가는 거니?"

장님개미가 대답했다.

"난 앞으로 가고 있어. 우린 모두 앞으로 가고 있지."

베짱이가 앞의 끝이 어디인지 보려 했으나 끝이 보이지 않았다.

흙의 슬픔

뚱딴지가 고구마에게 말했다.

"내 꽃은 예쁘지 않아."

고구마가 뚱딴지에게 말했다.

"내가 피우는 꽃도 안 예뻐."

흙덩어리가 흐느끼면서 말했다.

"흑흑! 나도 꽃 한 송이 피워보고 싶어."

울음

몸에 상처가 나면 그 상처를 진주로 만드는 조개가 있다. 그 진주는 아름다운 목걸이가 되고 귀한 귀걸이가 된다.

상처 난 조개는 울음소리가 새어나가지 않게 제 입을 틀어막으려고 했다. 그런데 손이 없었다.
조개가 멍게에게 말했다.
"미안해. 앞으로는 너처럼 울음을 삼킬게."

58

밀물과 썰물

모래톱의 움푹한 발자국들을 밀물과 썰물이 번갈아가며 지우고 있었다.

어린 달랑게가 바다에게 물었다.

"왜 발자국을 날마다 지우세요?"

바다가 말했다.

"얘야, 난 새로운 발자국을 좋아한단다."

속삭임

돌부처 귀에다 대고 무슨 말을 속삭이는 곰에게 너구리가 말했다.

"돌덩어리에게 무슨 말을 하는 거요?"

곰이 말했다.

"자네는 몰라도 되네."

너구리가 말했다.

"나를 흉보셨군요."

곰이 말했다.

"나는 남 흉보지 않아."

너구리가 말했다.

"그럼 돌부처에게 무슨 할 말이 있습니까?"

곰이 말했다.

"난 혼잣말하는 버릇이 있어. 오늘은 돌부처와 대화를 나눴지만."

너구리가 물었다.

"돌덩어리랑 무슨 대화를 나눕니까?"

곰이 말했다.

"내 치부를 너한테 말할 수는 없지."

민들레 씨앗들이 떠날 때

민들레 씨앗들이 먼 길을 떠날 때가 되었다. 개인 날이었다. 맑은 하늘이 밝은 햇빛으로 가득 차 있었다.

뿔뿔이 흩어져서 하늘로 날아가는 씨앗들에게 엄마가 손을 흔들며 말했다.
"자기 꽃을 피워. 쓸데없이 남의 꽃 피우지 말고."

제5원소의 장례

매장 화장 풍장 수장이 아닌 다른 장례 방식은 없는 걸
까? 바람 부는 바닷가를 산책하면서 한 노인이 제5원소
의 장례에 대해 생각하고 있을 때였다.

바다사자가 노인에게 물었다.
"노인이시여, 뭘 그리 깊이 생각하십니까?"
노인이 말했다.
"바다는 왜 늙지 않는지 그 이유를 바다만큼 깊이 생각
중이네."

아이와 팽이

아이가 팽이에게 물었다.

"채찍을 맞지 않아도 잘 돌아가는 지구에서 너는 왜 채찍 맞는 운명을 살아야 하니?"

팽이가 아이에게 말했다.

"무슨 말을 하는 거야. 지구는 지금도 태양의 채찍을 맞으며 돌고 있어. 너 적도가 채찍을 맞아 뜨거운 거 모르니?"

모래알의 이웃

모래알들 중에서 서로 알고 지내는 모래알이 몇이나 될까? 소외된 이웃들이 모여 있는 모래밭으로 파도가 밀려왔다 밀려갔다.

한 모래알이 바다에게 물었다.
"삼각파도든 파랑이든 해일이든, 파도들도 소외감을 느끼나요?"
바다가 말했다.
"바다는 벽이 없어. 소외가 일어나지 않아. 벽 있는 소금은 녹여버리지."

피할 수 없는 삶

코끼리똥을 먹고 있는 똥풍뎅이에게 호랑나비가 물었다.
"아니, 똥을 먹냐?"
똥풍뎅이가 말했다.
"코끼리를 잡아먹을 수는 없잖아."

장기판의 왕

장기판의 왕(王)이 하루는 졸(卒)들을 보며 투덜거렸다.
"내 마음대로 움직이지 못하는데 내가 왕이냐? 졸이지."
그 말을 들은 노인이 왕이 비록 나뭇조각에 불과하지만
불길한 존재라고 여겼다.

지금 여기의 사과

과수원에 얼굴 붉은 사내가 있었다. 사과가 붉어지는 가을이면 그는 마을 아낙네들로부터 놀림을 받곤 했다.

"당신의 인생은 향기롭게 익어가는 거 같아요."

수줍으면 뺨이 빨개지는 사내가 있었다. 태양의 열매처럼, 잘 익으면 빨개지는 사과들이 가을이면 향기를 나눠주는 과수원이 있었다.

별빛

은하수 저쪽 아득한 별을 떠나 지구에 막 도착한 한 오
라기 별빛에게 땅강아지가 물었다.

"넌 어디서 왔니?"

별빛이 말했다.

"내가 떠난 별은 오래전에 사라졌어."

위험한 선물

새들의 폭군 대머리독수리에게 빗을 선물한 새가 있었다. 아첨꾼 댕기머리해오라기였다.

대머리독수리가 댕기머리해오라기에게 물었다.

"이것이 무엇이냐?"

댕기머리해오라기가 말했다.

"빗입니다. 머리를 빗는 빗이지요."

그 말을 듣자마자 대머리독수리가 억센 발톱으로 댕기머리해오라기의 머리를 휴지처럼 구겨버렸다.

절벽의 얼굴

오랜 세월 비바람으로 뭉개지고 지워져서 그것이 부처인
지 바위인지 알아보기 힘든 마애불(磨崖佛)이 있었다.
마애불이 명상에 빠져 있었다.
"이제 나는 부처라는 이름을 버리고 바위로 돌아가고 싶
다. 나를 만난 중생들은 이미 다 중생불이 되지 않았는가."

투구게의 슬픔

푸른 피 때문에, 푸른 피가 돈이 되기 때문에, 뭍으로 끌려 나와 푸른 피를 뽑힌 다음 핼쑥해져서 바다로 다시 돌아가는 투구게들이 있었다. 살아남은 투구게도 있었고 출혈이 심해 죽은 투구게도 있었다.

흡혈을 위한 출혈 뒤의 슬픔 속에서 투구게가 거북이에게 말했다.
"너는 좋겠다. 푸른 피가 없어서 오래 살잖아."
거북이가 말했다.
"난 감옥을 뒤집어쓰고 살아. 난 감옥의 슬픔 속에서 장수한단다."

악어와 인어공주

인어공주가 악어들의 영역인 강으로 들어섰을 때 놀란
것은 인어가 아니라 악어였다.

"어서 돌아가시오."

"왜요?"

"우린 악어 떼요. 당신을 잡아먹을 수도 있소."

인어공주가 얼른 바다로 돌아가 자매들에게 말했다.

"악어들 중에는 선한 악어도 있더라. 우리 자매 중에도
악한 인어가 있을지 몰라."

추억을 되새김질하는 염소

황소가 염소에게 물었다.

"뭘 그렇게 우물우물 씹고 있소?"

염소가 대답했다.

"추억이요."

황소가 말했다.

"그건 과거이지 않소."

염소가 말했다.

"미래에는 씹을 건더기가 없잖소."

황소가 염소에게 다시 물었다.

"과거를 씹어 잘게 부수면 무엇이 되오?"

염소가 말했다.

"별똥별 먼지 비슷한 게 됩니다."

문어와 주꾸미

모든 걸 머리에 넣으면서 사는 문어가 있었다. 그러던 어느 날 고개를 숙이고 보니 가슴이 없었다.
"내 가슴이 언제 없어졌지?"

먹물빛 눈물을 흘리는 문어 곁으로 주꾸미가 다가와 말했다.
"울지 마. 잔머리 굴리다 보니까 어느새 나도 가슴이 없어졌어."

코끼리가 맨발인 이유

가죽장화를 신은 사냥꾼이 늙은 코끼리에게 물었다.
"왜 맨발을 고집하십니까?"
코끼리가 말했다.
"발바닥과 땅바닥이 만나는 즐거움을 누리려고요."
사냥꾼이 또 다른 질문을 하려 하자 코끼리가 코로 사
냥꾼의 입을 틀어막았다.

Schellenengel

83

죄와 벌

참새가 허수아비에게 물었다.

"왜 바보처럼 논을 지키고 계세요?"

허수아비가 말했다.

"난 전생에 쌀도둑이었지. 그래서 이렇게 벌을 받고 있는 거야."

참새가 말했다.

"나도 쌀도둑인데요."

허수아비가 웃으면서 말했다.

"허허. 그럼 너도 다음 생에 허수아비가 될 거다."

알에서 나온 임금님

뻐꾸기가 개구리에게 물었다.

"알에서 나온 임금님은 배꼽이 없었겠지?"

개구리가 말했다.

"몰라. 내가 낳은 알에서는 올챙이들만 나와. 임금님이 안 나와."

가슴을 섬기는 종교

가슴에 손을 얹고 있는 돌하르방 앞에 돌하르방 신도가
서 있었다.

돌고래가 신도에게 물었다.

"돌하르방을 섬기는 종교도 있나요?"

신도가 대답했다.

"있지요. 돌하르방님의 종교는 가슴의 종교랍니다. 지식
을 섬기는 머리의 종교와는 크게 달라요. 권위를 섬기는
모자의 종교와도 다릅니다."

돌고래가 웃으면서 말했다.

"세상에! 웃음을 선물하는 재미난 종교도 있네."

동그랑땡

동그랑땡을 대충 만들어 파는 가게가 있었다. 하루는 꼬마가 동그랑땡을 들고 와서 말했다.

"집에 가서 먹으려고 보니까 동그랑땡이 하나도 없어요. 세모땡 아니면 네모땡 아니면 마름모땡뿐이에요."

주인이 꼬마에게 말했다.

"얘야, 동그랑땡은 수학이 아니야. 그냥 동그란 입으로 들어가는 음식이야."

90

오리너구리는 누구인가

오리가 오리너구리에게 말했다.

"너 오리 아니니? 너 알 낳잖아. 너 이름 너구리오리로 바꿔야 해."

너구리가 오리너구리에게 말했다.

"이름 바꾸면 안 돼. 너 너구리야. 발이 네 개잖아."

오리가 말했다.

"너 오리라니까. 주둥이가 오리주둥이잖아."

너구리가 말했다.

"너 너구리야. 날개가 없잖아."

말다툼으로 머리가 혼란스러워진 오리너구리가 오리와 너구리에게 말했다.

"나 갑자기 똥 마려워. 똥 누고 올 테니까 그때까지 너희들 여기서 기다리고 있어."

바지를 안 입은 강아지

노인은 당황했다.

지나가던 강아지가 바지를 물고 놓지 않았던 것이다.

"놔! 놓으라니까."

강아지가 말귀를 못 알아듣자 개 주인이 얼른 달려왔다.

"죄송합니다. 요즘 얘가 이를 갈아요."

이를 갈아? 노인에게 문득 이런 생각이 스쳐갔다.

'자기에게 바지를 안 입혔다고 이를 갈던 강아지는 홧김에 내 바지를 문 것일까?'

강아지풀에 대한 시샘

강아지풀이 시인들의 사랑을 받자 송아지와 망아지가 그
걸 시샘했다.

"송아지풀은 왜 없지? 망아지풀은 왜 없는 거야?"

그 말을 듣고 강아지풀이 말했다.

"너희들은 뿔이 있잖아. 강아지에 뿔 난 거 봤어?"

망아지가 말했다.

"개뿔은 개에 난 뿔 아니니?"

걸레와 물웅덩이

물웅덩이가 걸레에게 말했다.

"그만 닦아. 나 더 더러워지는 것 같아."

그 말을 듣자마자 걸레가 화를 냈다.

"그럼 나는 뭐 하면서 먹고 살아야 하니?"

구름의 모습놀이

하늘로 소풍을 나온 구름들이 모습놀이를 하고 있었다.
뭉게구름이 되었다가 양떼구름이 되었다가 새털구름이
되기도 하고 비늘구름이 되기도 하면서 드넓은 하늘에서
놀고 있었다.

전봇대가 구름에게 물었다.
"어떻게 그렇게 자유자재로 모습을 바꿀 수 있지?"
구름이 말했다.
"정해진 건 아무것도 없어."

문어와 별불가사리

자기 몸이 별 모양인 것을 신기하게 생각하는 불가사리가 있었다.

"이건 불가사의야. 어떻게 내 몸이 별 모양일 수가 있지?"

그 말을 들은 문어가 별불가사리에게 말했다.

"너 별 본 적 있어?"

별불가사리가 대답했다.

"아니."

문어가 말했다.

"너 별불가사리 아니야. 별은 동그래. 너는 동그랗지 않잖아."

별불가사리가 말했다.

"네가 어떻게 알아, 별이 동그란지."

문어가 말했다.

"내가 외계에서 지구로 왔거든."

토끼와 토끼풀

만날 때마다 다투는 토끼와 토끼풀이 있었다.

토끼풀이 말했다.

"내가 있으니까 너도 있는 거야."

토끼가 말했다.

"내가 없었으면 너는 여우풀이나 늑대풀이 되었을 걸."

토끼풀이 말했다.

"내가 없었으면 너는 사막여우나 낙타로 살았을 거야."

진짜 짜장면

가짜 짜장면을 만들어 파는 짜장면집이 있었다. 사람들은 그게 가짜 짜장면인 줄도 모르고 맛있게 먹었고 맛집으로 소문이 나자 짜장면집은 갈수록 손님들로 북적거렸다.

가짜 짜장면으로 많은 돈을 벌자 마음이 켕긴 짜장면집 주인은 진짜 짜장면을 만들어 팔기 시작했다. 그러자 손님들이 투덜거렸다.

"짜장면 맛이 왜 이래? 옛날에는 맛있었는데."

자벌레

자벌레에게 표범이 물었다. "자네는 늘 뭘 그리 재고 있나?"

자벌레가 말했다. "지금 여기를 재고 있습니다."

표범이 물었다. "심오한 말이군. 자네는 철학자인가?"

자벌레가 말했다. "벌레에 불과합니다."

표범이 물었다. "왜 지금 여기를 재고 있나?"

자벌레가 말했다. "지나간 과거를 잴 수가 없고 다가올 미래를 잴 수 없어서 지금 여기를 재는 겁니다."

표범이 물었다. "지금 여기는 길이가 얼마나 되나?"

자벌레가 말했다. "내 몸 길이입니다."

표범이 말했다. "몸 길이를 왜 알아야 하지? 모를 땐 어떻게 되나?"

자벌레가 말했다. "내가 살아 있는지 죽었는지 모릅니다."

표범이 말했다. "너는 네가 살아 있을 때만 살아 있다는 걸 아는구나."

쥐라기의 비행사

꼬마잠자리가 왕잠자리에게 물었다.

"우리에게 놀라운 비행 기술을 전한 쥐라기 최초의 비행
사는 누구인가요?"

왕잠자리가 되물었다.

"쥐라기? 그건 어떤 비행기야?"

물총새와 물총고기

물총고기가 물총새에게 말했다.

"너는 물총을 쏘지 않잖아. 네 이름 바꿔."

물총새가 말했다.

"뭘 모르시는군. 내 주둥이가 물총이야."

물총고기가 말했다.

"네 주둥이는 작살이야. 물총이 아니라 작살이라구."

말문이 막히자 물총새가 물총고기의 이마를 여러 차례 쪼아댔다.

무와 농부

흙투성이 무에게 농부가 물었다.

"그동안 어두운 땅속에서 뭘 하고 있었니?"

무가 말했다.

"잎을 펼치고 꽃을 피웠습니다."

농부가 다시 물었다.

"이제는 뭘 할 건가?"

무가 말했다.

"시래기가 되고 깍두기가 되겠습니다."

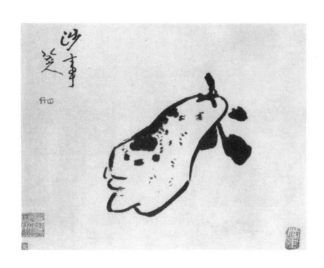

표범과 하이에나

죽은 사슴을 놓고 표범과 하이에나가 다투고 있었다.

하이에나가 표범에게 말했다.

"나쁜 놈. 왜 살아 있는 사슴을 죽이니?"

표범이 하이에나에게 말했다.

"도둑놈. 넌 왜 죽은 사슴을 훔치려 드는 거야?"

하이에나가 말했다.

"죽이는 게 나쁘니, 훔치는 게 나쁘니?"

죽은 척 누워 있던 사슴이 갑자기 벌떡 일어나 대평원을 달리기 시작했다. 발 빠른 사슴 뒤에서 표범이, 그 뒤에서 하이에나가 있는 힘을 다해 뛰어가고 있었다.

말과 질경이

길가에 앉아 있는 질경이가 지나가는 말에게 말했다.

"나를 발로 차줘."

말이 물었다.

"내 발에 차이면 넌 찢어질 텐데."

질경이가 말했다.

"그래도 차줘."

말이 질경이를 발로 찼다. 그러자 씨앗들이 멀리 날아가는 것이었다.

"참 이상한 풀도 있군."

말이 다시 그 길을 지나간 것은 몇 해 뒤의 일이다. 길가에 질경이들이 즐비하게 나와 앉아 말을 기다리고 있었다.

"나를 차줘. 나도 차줘."

말은 달리기 시작했다. 질경이들을 마구 발로 차면서. 그러자 씨앗들이 멀리 날아가고 질경이들이 찢어진 몸으로 즐거워하는 것이었다.

너도밤나무와 나도밤나무

나도밤나무가 너도밤나무에게 말했다.

"너도밤나무 너는 내가 있어서 있는 거야. 내가 없으면 너는 없어."

너도밤나무가 나도밤나무에게 말했다.

"내가 있어서 너도 나도밤나무인 거야."

그 말을 듣고 있던 밤나무숲 주인이 도끼를 들고 말했다.

"나도밤나무가 없는 너도밤나무가 있는지, 너도밤나무가 없는 나도밤나무가 있는지, 자 이제 누구를 먼저 벨까? 아니면 둘 다 벨까?"

당황한 나도밤나무와 너도밤나무가 다급하게 외쳤다.

"우리 그냥 나무로 살래요."

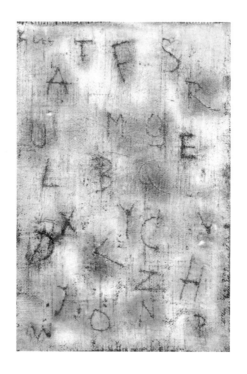

달리는 포스트잇

빠르게 달리는 기차에서 운동화 한 짝을 떨어뜨린 남자가 있었다. 그는 얼른 포스트잇을 꺼내 기차에 붙였다.

"여기가 신발 떨어진 곳이야."

포스트잇 붙은 기차가 달리고 있었다.

한쪽 발이 맨발인 남자가 점점 멀어져가는 운동화 한 짝을 바라보고 있었다.

캥거루

엄마 캥거루의 배주머니 속에서 자란 아들 캥거루가 있었다. 몸무게가 1g이었던 아들은 점점 자라나 10kg 청년이 되었을 때에도 배주머니 속에 계속 죽치고 있었다. 독립할 생각이 전혀 없는 아들을 먹여 살리느라 엄마는 빨리 늙었고, 나이들수록 늘어나는 아들의 체중으로 인해 배주머니는 점점 늘어나 땅에 질질 끌릴 지경이었다. 그래도 아들은 독립할 생각이 없었다. 독립은커녕 배고픔을 호소하며 젖이 말라빠진 엄마의 배를 긁어대곤 했다.

엄마가 죽은 뒤에야 가죽주머니에서 기어나오는 건장한 아들 캥거루가 있다.

양말을 신은 양

함박눈이 오고 있었다.

양말을 신은 양에게 말이 물었다.

"너 어제 신었던 양말 오늘 또 신고 있냐?"

양이 말했다.

"내일도 신을 건데."

말이 말했다.

"내일이 안 올 수도 있잖아."

양이 말했다.

"그럼 난 양말을 신은 채 죽어 있겠지."

구불구불하게

뱀이 강에게 말했다.

"왜 나를 흉내내면서 구불구불하게 기어가는 겁니까?"

강이 뱀에게 말했다.

"네가 나를 흉내내면서 꿈틀거리는 거잖아."

뱀이 말했다.

"땅바닥에 배를 깔고 가는 거 나 흉내내는 거 아닙니까?"

강이 말했다.

"너 머리도 없고 꼬리도 없이 나처럼 꿈틀거려봐."

사막여우가 북극여우를 만난 날

사막여우가 북극여우에게 말했다.

"전갈을 잡아먹을 땐 조심해야 해. 꼬리에 독침이 있어."

북극여우가 말했다.

"북극엔 전갈 없어. 나도 너한테 충고 하나 할게. 코뿔바
다오리 알 먹을 땐 조심해. 코뿔바다오리가 네 눈을 쪼아
댈 수도 있으니까."

사막여우가 북극여우에게 말했다.

"사막엔 바다오리 없어. 우리 그만 헤어지자. 너는 북극
으로 가. 나는 사막으로 다시 돌아갈 테니까. 그런데 여
기가 어디지?"

닭이라고 다 닭이 아니네

독수리가 마당의 닭 한 마리를 덮쳤다. 닭이 소스라치게 놀라 도망갈 줄 알았는데 도망가기는커녕 독수리에게 마구 덤벼들었다. "너 누구야?" 대답도 없이 무서운 기세로 닭이 파닥거리며 독수리를 공격했다. "너 누구야?" 깃털이 뽑히며 이리저리 도망다니다 마당 한 구석에 나자빠진 독수리가 자기를 끝없이 공격하는 닭에게 다급하게 물었다. "누구시오?" 닭이 말했다. "나 수탉이오. 꼬꼬댁 꼭꼭."

가자미의 재미

외눈박이 물고기가 가자미에게 물었다.

"네 눈은 이상해. 두 눈이 서로 다른 데를 보고 있는 것 같아."

가자미가 말했다.

"한눈을 팔아야 재미있어."

외눈박이 물고기가 말했다.

"우리 눈 세 개로 같이 보면 달이 삼각형으로 보일까?"

맹꽁이

울지 못하는 어린 맹꽁이를 보고 두꺼비가 말했다.

"얘는 진짜 맹꽁이네. 울지도 못해."

그 말을 들은 어미 맹꽁이가 버럭 화를 냈다.

"무슨 소리야. 얘 맹꽁이야. 진짜 내 자식이라구."

고양이뿔

쥐가 개에게 말했다.

"난 쥐뿔이라는 말이 싫어. 뿔 난 쥐를 상상해봐. 쥐뿔은 쥐를 우습게 보는 사람들이 만든 말이 틀림없어."

개가 말했다.

"난 개뿔이라는 말이 싫어. 뿔 난 개를 생각해봐. 개뿔은 개를 무시하는 사람들이 만든 말이 틀림없어."

쥐가 개에게 말했다.

"왜 고양이뿔은 없지? 그런 말은 없잖아. 사람들은 고양이를 무서워하는 것 같아. 뿔 난 고양이를 상상해봐. 생각만 해도 소름이 끼쳐."

지혜로운 까마귀

정력에는 까마귀 고기가 최고다. 그런 근거 없는 말 때문에 까마귀들이 수난을 당한 시절이 있었다. 사내들은 엽총을 들고 까마귀를 사냥했고 까마귀들은 영문을 모르는 채 피신해야 했다.

지혜로운 까마귀가 숨어든 곳은 절이었다. 살생을 큰 죄악으로 여기는 부처님의 등 뒤, 그러니까 부처님을 모시는 절간 뒷숲으로 지혜로운 까마귀는 몸을 감춘 것이다.

여러 해가 지나 까마귀와 정력은 무관하다는 사실이 알려지면서 까마귀들은 무지한 사냥으로부터 자유로워졌고, 은둔했던 까마귀들은 다시 사람의 마을 지붕 위를 날아다녔다. 낮게는 아니고 높이, 사람과의 거리를 두면서 말이다. 옥상 모서리나 철탑 꼭대기에 앉아 있는 까마귀는 여전히 의심의 눈초리로 사람의 마을을 내려다본다.

125

황금알을 낳는 거위

불행을 행복으로 바꿀 줄 아는 지혜로운 거위가 있었다.

황금알을 낳는 거위는 어느 날 어리석은 주인이 자신을
잡아 뱃속의 황금알들을 꺼낼 거라는 걸 알게 되었다.
장차 주인이 크게 후회할 뿐만 아니라 자기가 죽을 것을
알게 된 거위가 이솝을 찾아가 말했다.
"작가님, 살려주세요. 제 주인을 바꿔주세요."
거위의 간절한 부탁을 받은 이솝이 황금알 낳는 거위의
주인을 지혜로운 수녀님으로 바꿔주었다.

교회 여기저기에 황금알을 낳으면서 뒤뚱뒤뚱 돌아다니
는 거위가 있다.

양파의 비밀

당나귀가 양파에게 물었다.

"그렇게 잔뜩 웅크리고 속에 감추고 있는 게 뭐니?"

양파가 대답했다.

"네가 내 비서가 되면 비밀을 말해줄게."

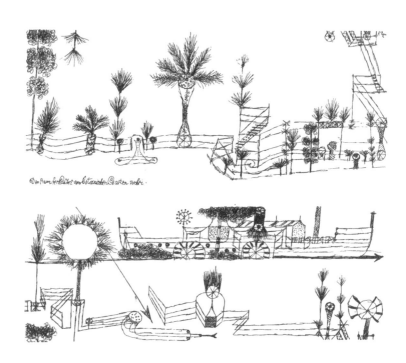

Der Dampfer fährt am botanischen Garten vorbei.

밀 자매들의 어머니

만두, 호떡, 수제비, 국수, 밀 자매들이 모여서 어머니인 밀가루반죽덩어리를 걱정했다.

"엄마가 늙어가나봐. 말랑말랑하시더니 요즘엔 좀 딱딱해지신 것 같아."

자서전

자서전을 쓰던 하루살이가
하루는 소리 죽여 울었다.

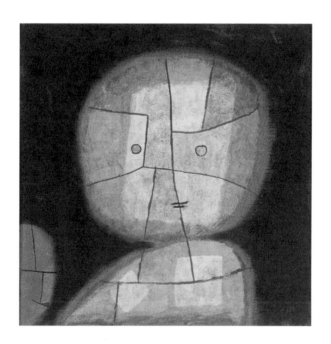

지옥으로 떨어진 개미

지옥을 벗어나려고 개미가 버둥거렸지만 뒷다리를 개미귀신이 꽉 붙잡고 있었다. 괴로운 개미가 중얼거렸다.

"혹시 이거 꿈 아니야?"

개미귀신이 말했다.

"꿈 아니야. 여기 개미지옥이야."

개미가 개미귀신에게 물었다.

"저는 무슨 죄로 지옥에 떨어졌나요?"

개미귀신이 말했다.

"너는 일밖에 모르잖아. 이놈이 어디서 죄라는 말을 배웠지?"

겨우살이

겨우살이는 팽나무, 밤나무, 오리나무에 기생하는 식물이다. 부족한 영양분을 숙주식물로부터 얻으며 살아간다.

한겨울 겨우살이가 까마귀에게 물었다.
"나는 왜 겨우겨우 살아가는 겨우살이가 된 걸까?"
까마귀가 말했다.
"넌 자존심이 없잖아. 기생충처럼."

모순어법

왜 사랑하는 것에 X표를 하게 되는 걸까? 사랑에 눈먼 비둘기는 자기의 환상 속에 극락조를 그린다.

별꼬마거미들

별똥별을 바라보며 별꼬마거미들이 말했다.

"별똥별들은 헤어질 때 어디서 다시 만나자는 약속을 할까?"

땡땡이무늬 옷

무당벌레들이 풀밭에서 아침 식사를 하고 있었다. 식사할 때 아름다운 옷 입는 게 예의라고 생각했는지 모두 땡땡이무늬 옷을 입고 있었다.

점박이하이에나가 무당벌레들에게 물었다.
"얘들아, 나 이제 점박이무늬 가죽옷 벗고 땡땡이무늬 옷 입고 싶어. 그 옷 어디서 파니?"
무당벌레들이 말했다.
"아저씨, 땡땡이무늬 하이에나가 되고 싶으세요?"

역겨운 싸움

역겨운 것들은 역겨운 냄새로 물리쳐야 한다. 그렇게 생각한 스컹크가 있었다.

방귀벌레가 스컹크에게 말했다.
"네 냄새 역겨워."
스컹크가 대꾸했다.
"네 냄새가 더 역겹지."

스컹크와 방귀벌레가 서로 역겨운 냄새를 내뿜다가 헤어졌다.

"역겨운 것들은 정말 멀리해야 해."
스컹크와 방귀벌레의 싸움을 나무 위에 늘어진 채 구경하는 게으른 표범이 있었다.

후회를 후회하는 후회

후회가 가고 있었다. 현재에서 미래로 가지 않고 현재에서 과거로 가고 있었다. 길가의 망령이 후회에게 말했다.

"넌 후회를 후회하는 후회가 될 거다."

후회가 말했다.

"알아요. 난 후회를 지우러 가는 길이예요."

망령이 말했다.

"너는 후회 위에 후회를 덧칠하게 될걸."

바늘두더지

가시를 세우는 것들은 두려움이 많은 것들이다.

땅굴에서 기어나오는 바늘두더지에게 들장미가 물었다.
"무슨 끔찍한 일을 겪은 뒤에 너는 온몸의 털을 바늘로
바꿨니?"

달리는 개

자전거에 매달린 채 개가 헐떡이며 강변을 달린다.
자전거 타는 사람은 달리는 개의 발이 둥근 바퀴라고 생각하는 걸까?

버섯은 음식이 아닙니다

스님이 뱀버섯에게 말했다.

"독한 놈. 너 독버섯 맞지? 나, 너 안 먹어."

뱀버섯이 말했다.

"스님, 버섯은 음식이 아닙니다. 우리는 자기 몸을 위해 다른 생명체를 먹지 않습니다. 살생죄가 뭔지 잘 아시잖아요."

흠흠! 스님이 큰기침 소리를 내면서 빈 나물바구니를 들고 고요한 숲속으로 발걸음을 옮겼다.

기린과 기린바구미

목이 긴 기린이 고개를 숙였을 때 발밑에서 뭔가가 꼬물거리고 있었다. 기린바구미였다. 목이 긴 기린바구미가 기어가고 있었다.

기린이 기린바구미에게 물었다.

"꼬마야, 어디 가니?"

기린바구미가 대답했다.

"쌀알을 찾아가는 길이에요."

기린이 물었다.

"난 높은 나뭇잎을 먹으려고 목이 길어졌단다. 너는 왜 목이 길어졌니?"

기린바구미가 말했다.

"난 높은 쌀을 먹으려고 목이 길어졌어요."

기린이 물었다.

"쌀알이 그렇게 높아?"

기린바구미가 말했다.

"아주 높아요. 사다리를 놓고 올라가야 할 정도로 높답니다."

냉장고 안의 맘모스

한밤중 몽유병자가 냉장고 문을 열었을 때 냉동실에 맘모스가 누워 있었다.

몽유병자가 눈을 비비며 중얼거렸다.

"맘모스가 보이다니. 내 상상력에 안개가 끼더니 이제는 눈에 성에꽃이 피는 걸까?"

앉은뱅이꽃

앉은뱅이꽃은 누가 자기 곁에 오래 앉아 있기를 바라는
걸까?

곁에 잠시 앉아 있던 그림자가 자리를 뜨자
앉은뱅이꽃 주위로 초저녁 어둠이 어둑어둑 몰려든다.

도깨비들

밤도깨비가 새벽 숲속으로 돌아가다 어스름 숲속에서 나오는 낮도깨비를 만났다.

밤도깨비가 낮도깨비에게 물었다.
"형씨, 뭣 좀 하나 물어봅시다. 당신은 해가 지면 어디로 사라지는 거요?"
낮도깨비가 말했다.
"나도 뭣 좀 물어봅시다. 당신은 해가 뜨면 어디로 몸을 감추는 거요?"

눈 내린 날의 까마귀

눈 내린 아침이었다. 까마귀가 눈밭을 걸어다니고 있었다. 그 풍경을 시간 가는 줄 모르고 마냥 지켜보는 화가가 있었다.

'눈이 얼마나 새하얀지 보여주려고 까마귀는 까만 발로 눈밭을 걸어다니는 걸까?'

달걀

달걀을 먹지 않는 파충류학자가 말했다.

"난 달걀 안 먹어요. 달걀은 공룡알이거든요."

그 말을 들은 요리사가 말했다.

"공룡알이라 해도 난 달걀을 삶을 거요. 닭이 공룡 후손이라 해도 기름에 튀길 겁니다."

사이

갯바위에 다닥다닥 따개비들이 붙어 있었다. 싸움이 잦
은 아파트 주민들처럼 서로 사이가 좋지 않았다.

한 따개비가 말했다.

"사이가 있어야 사이좋게 지낼 텐데. 섬들이 사이좋게 자
리 잡도록 섬들에게 띄어쓰기를 가르친 것은 누구일까?"

슬리퍼

방 안에서 방황하는 남자에게 슬리퍼가 투덜거렸다.

"주인님, 왜 나까지 방황하게 만드시오?"

바이올린딱정벌레

사중주를 하고 싶은 바이올린딱정벌레가 있었다. 그는 비올라딱정벌레와 첼로딱정벌레와 콘트라베이스딱정벌레를 만나고 싶었다. 그러나 숲 어디에서도 그들을 만날 수가 없었다.

바이올린딱정벌레는 외로웠다. 홀로 자신의 몸을 연주하려고 했다. 그런데 현이 없었고 활이 없었다. 악보도 없었고 기억나는 노래도 없었고 둘러보니 관객도 없었다. 바이올린딱정벌레가 중얼거렸다.

"그래, 난 악기도 아니고 악사도 아니야. 난 그냥 청소부야."

바이올린딱정벌레는 숲속의 쓰레기들을 치우기 위해 해묵은 낙엽들을 뒤적거리기 시작했다.

155

바위들이 하는 운동

말근육보다 더 딴딴한 게 바위근육이다.

근육이라곤 없는 바람이 바위에게 물었다.

"너는 어떤 운동을 하니?"

바위가 대답했다.

"나는 양자물리학 운동을 해. 그 운동으로 딴딴한 몸매
를 유지하지."

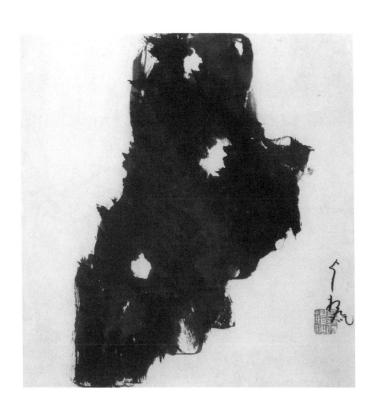

무소유

다람쥐가 떡갈나무에게 물었다.

"무소유를 실천하려고 도토리를 떨구고 있는 건가요?"

떡갈나무가 말했다.

"난 종교가 없는 나무란다. 종교를 소유하지 않아."

휴화산

뜨거운 용암과 시커먼 화산재를 내뿜던 분화구가 하늘색 물로 가득 차 있었다.

사슴이 화산에게 말했다.

"분노를 삭이느라 아직도 머리에 연못을 이고 계시는군요."

화산이 사슴에게 말했다.

"날 건드리지 마. 나 언제 폭발할지 몰라."

달마중

술꾼이 달맞이꽃에게 물었다.

"내가 죽을 때 나를 마중 나오는 달은 반달일까 보름달일까?"

달맞이꽃이 술꾼에게 말했다.

"달은 사람을 달로 데려가지 않습니다. 데려갔다면 달이 망자들로 북적이고 있겠죠."

자라와 소라

자라가 소라에게 말했다.

"중세의 십자군들은 내 갑옷을 흉내내 갑옷을 만들었답니다."

그 말을 들은 소라가 자라에게 말했다.

"중세의 성들은 모두 소라껍질을 모방해 만든 거 모르셨나요?"

163

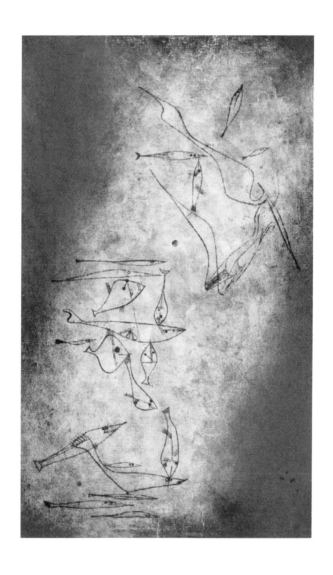

초롱아귀

대왕오징어를 잡아먹으려고 깊은 바다로 내려갈수록 고래는 눈앞이 캄캄했다. 흑암지옥처럼 어두운 저 멀리서 초롱불이 하나 조용히 헤엄쳐 오고 있었다.

고래가 초롱아귀에게 물었다.
"너 머리 위에 이고 다니는 그 초롱불, 내 머리 위에도 얹어줄래?"

초롱아귀가 아무 말 없이 고요하고 캄캄한 심해 속으로 사라져갔다.

들꽃의 바느질

화사한 봄날, 마고할미가 아름다운 옷을 입고 나타나서 들꽃들에게 말했다.

"내 바느질 솜씨 보이니? 옷에는 꿰맨 자국, 기운 자국, 때운 자국이나 누빈 자국이 없어야 한다. 알겠니?"

들꽃들이 대답했다.

"할미는 노파심이 많네요. 우리는 금바늘도 없이 바느질을 해요."

실잠자리

실잠자리 가문의 가훈은 '가늘게 살자'였다.

'굵고 짧게 살자'가 가훈인 돌멩게가 실잠자리에게 물었다.

"가늘게 살자는 뜻이 뭐야?"

실잠자리가 말했다.

"응, 그건 가볍게 살자는 뜻이야. 날개 달린 실오라기처럼 가볍고 자유롭게."

기역의 기억

니은이 기역에게 물었다.

"너는 기역이 들어간 이름들을 다 기억하니?"

기역이 말했다.

"기억나는 이름이 없어. 기역에는 중요한 말이 없어. 중요한 말은 다 너한테 있어."

니은이 말했다.

"중요한 게 뭔데?'

기역이 말했다.

"너와 나."

부처나비의 길

꿈틀거리던 애벌레에서 갓 해탈한 부처나비에게 미륵이
물었다.

"어디로 가려느냐?"

부처나비가 말했다.

"저는 숲과의 인연으로 해탈했으니 꽃들을 사랑하는 길
을 가겠습니다."

사랑에 눈먼 판다

판다가 자기를 안고 있는 사육사에게 말했다.

"할아버지, 나 사랑에 눈이 멀었나봐. 아무것도 안 보여.

사랑하는 판다만 보여. 눈을 감아도 보인다니까."

사육사가 질투가 나서 안고 있던 판다를 밀쳐버렸다.

데굴데굴 굴러가던 판다가 일어나 소리쳤다.

"할아버지, 왜 그래. 우리 삼각관계 아니잖아."

울먹이던 판다가 사육사에게 다가오며 씨익 웃었다.

집

우두커니 저녁 물가에 서 있는 백로에게 자라가 물었다.

"해가 지는데 왜 집으로 돌아가지 않습니까?"

백로가 말했다.

"돌아갈 집이 없네."

자라가 말했다.

"저도 집이 없어서 아무데나 엎드려 자는데 당신은 물가에서 밤을 새우시는군요."

백로가 말했다.

"집 없는 잉어도 뜬눈으로 밤을 새운다네."

꾀꼬리의 꾀

아름다움에 욕심이 생겨 자기 꾀에 자기가 넘어간 꾀꼬리가 있었다. 그는 온몸, 그러니까 머리, 꼬리, 허리, 다리는 물론 부리까지 황금빛으로 보이기 위해 온몸에 송홧가루를 발랐다. 그러자 꾀꼬리는 눈부시게 아름다운 황금새처럼 금세 사냥꾼의 눈에 띄게 되었다.

탕!

박제된 꾀꼬리가 자기에게 무슨 일이 일어났는지 모르는 채 사냥꾼의 거실 나무토막 위에 앉아 있다.

귀 없는 귀뚜라미

귀가 자꾸 나뭇가지에 걸리는 게 싫어서 귀를 무릎 안쪽에 감추고 다니는 귀뚜라미가 있었다.

어느 운 나쁜 날, 개미들에게 붙잡힌 귀뚜라미가 얼른 다리를 떼어버리고 달아나자 개미들이 뒤쫓아가면서 소리쳤다.

"귀를 놓고 가면 어떡해. 차라리 코를 놓고 가."

앵무새와 원숭이

원숭이가 새장 속 앵무새를 비웃었다.

"사람 말 흉내 그만 내고 앵무새 말이나 제대로 해."

앵무새가 원숭이에게 말했다.

"시끄러워. 너나 원숭이 말 제대로 해."

원숭이가 말했다.

"넌 언제쯤 새들의 언어를 사람들에게 가르칠 거니?"

달아실에서 펴낸 최승호의 책

시집 『누군가의 시 한 편』(2018)
우화집 『눈사람 자살 사건』(2019)

사랑에 눈먼 판다

1판 1쇄 발행	2024년 7월 26일

지은이	최승호
발행인	윤미소
발행처	(주)달아실출판사

책임편집	박제영
편집위원	김선순, 이나래
디자인	전부다
법률자문	김용진, 이종진

주소	강원도 춘천시 춘천로 257, 2층
전화	033-241-7661
팩스	033-241-7662
이메일	dalasilmoongo@naver.com
출판등록	2016년 12월 30일 제494호

ⓒ 최승호, 2024
ISBN 979-11-7207-021-2 03810

* 잘못된 책은 구입한 곳에서 바꿔드립니다.
* 책값은 뒤표지에 표시되어 있습니다.